山海經

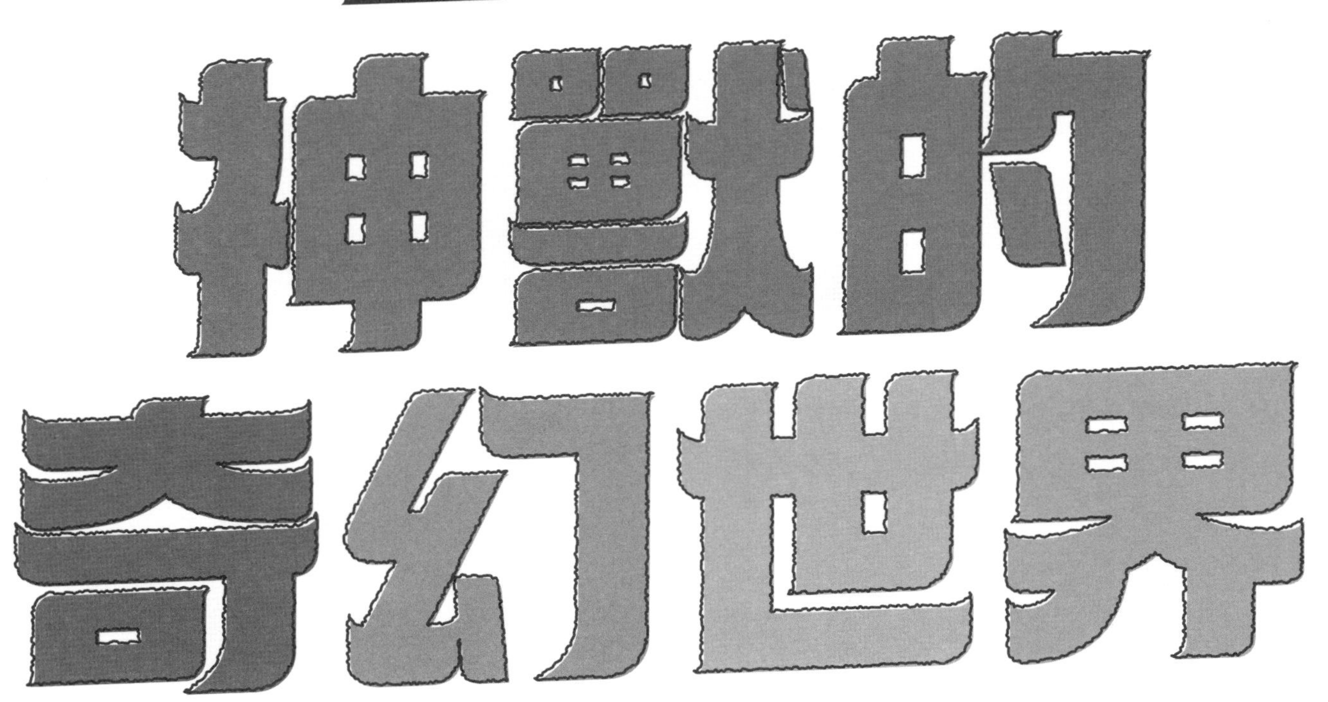

知識與趣味共存的著色畫，
養出安定專注力，透過神話讓想像力起飛。

推薦序

數位世代的孩子們透過科技擷取資訊，各種類型的資訊碎片，正大量侵略孩子們的想像力，而《山海經神獸的奇幻世界》這本書將為孩子們帶來一場激盪想像與創意的冒險之旅。

本書的每一頁都是一個充滿知識和趣味的冒險，透過著色畫的方式，讓孩子深入探索古代神話中的神獸世界。它不僅可培養安定的專注力，更透過神話故事激發無限想像，讓孩子盡情創作，並在繪畫的同時，也學習到神話故事所傳達的寓意。

我們在教學上的觀察經常發現，通過「玩中學」是最能讓孩子進入心流的狀態，只要讓他們深入其中，便能獲得最大的收穫與成就感，也開啟了孩子的自信，關於這點，我的創業夥伴波拉星教育科技的共同創辦人——呂翰霖博士，在童年時期也有過深刻的體驗，小時候的他曾經有閱讀障礙及過動症的狀況，除了運動治療，也透過玩中學、沈浸式的學習方式，培養出深度的專注力，因此我們大力推崇能讓孩子玩中學、進入心流的學習法，《山海經神獸的奇幻世界》正是透過藝術表現與奇幻故事，引導孩子深入其境，當孩子畫完了這些畫，也讀完了千年之前東方奇幻文學的起點。

這本書為親子提供了非常獨特的機會，透過藝術探索中國古代神話，同時提升孩子的想像力、品格力及藝術素養。因此我誠摯地推薦《山海經神獸的奇幻世界》這本書，讓我們透過共同描繪著色畫與孩子一起展開這場奇幻的冒險，並一同探索充滿藝術色彩的神話之旅。

期待您們在此享受玩中學的樂趣！

波拉星教育科技 共同創辦人——**曾怡璇、呂翰霖**博士

推薦序

《山海經神獸的奇幻世界》是一本以《山海經》中的神獸為主題的著色繪本，內容豐富、圖文並敍，可以成為孩子們探索神奇世界、激發想像力的美學起點。著色的過程能夠培養專注力、色彩感知能力和創造力。

我個人目前在松山與大安社大擔任講師，教學內容就是創意繪畫與花卉彩繪兩方面，媒材運用水性色鉛筆為主。我的學生從老到小都有，但無論年齡多大多小，基本上拿起色筆之後，每個人的童心都會浮現，創意也會跟著源源不絕，因此每每在課堂上我都能感受到非常多驚喜，收穫可以説不亞於學生們。也正因為這樣的經歷，讓我確信這本山海經神獸的彩繪著色本，不會只有小朋友喜歡，大人甚至熟齡的長輩，也一定會愛不釋手。

以美術的專業角度來看，本書的神獸繪製採用了不同的線條層次、線條流暢活潑，增添觀賞趣味。著色是繪畫中的重要環節，它可以將線稿中的形象變得更加生動，在著色同時能夠輕易地表現神獸的立體感，提升著色能力。細膩的著色需要一定的專注力，神獸線條多變，極致的線條演繹，描繪出各種神獸的形象，細節層次多元，精工刻劃神獸的細節，重複性的著色使人專注於填色，孩子們在著色過程練就了專注能力，讓孩子完全享受在繪畫的世界中，也能充分發揮個人獨特創造力。

每個神獸所代表的象徵力量各異，可以藉由顏色呈現不同的能量，顏色的深淺層次表現神獸的立體感，引導孩子注意神獸的線條層次，在著色時可以幫助孩子們認識和學習豐富的色彩，提升色彩感知能力，並鼓勵孩子根據自己的喜好對神獸進行多元的顏色選擇，發揮自己的創意，讓孩子能夠自由地探索色彩，提升自己的繪畫技巧，繪製出守護自己獨特的祥瑞神獸。

《山海經神獸的奇幻世界》是一本值得推薦的著色繪本，它可以讓孩子在探索神獸奧秘的過程中，提升文學底氣與美學涵韻，是值得收藏的書籍。

張培音平面設計師、繪畫社大講師

目錄

※ 本書使用說明

為了幫助孩子們保持著色畫的完整性，每一隻神獸的大名在目錄區標示注音，至於神獸們的傳說與象徵力量的說明，標示在圖畫後一頁，父母師長可以以此簡單說明，介紹神獸的性格與歷史故事。

天馬

天馬

在《山海經》中，天馬是神駿天馬之一，長得就像大白狗，有著黑色的頭，背上有肉翅，因此可以「四蹄踏雲、肋生雙翼」，一見到人就馬上飛走。

《漢書》中也有天馬的相關紀載，相傳西漢武帝所獲得的西域大宛駿馬就是神馬的後代子孫，因此命名為「天馬」，成語天馬行空也是由此而來。

青牛

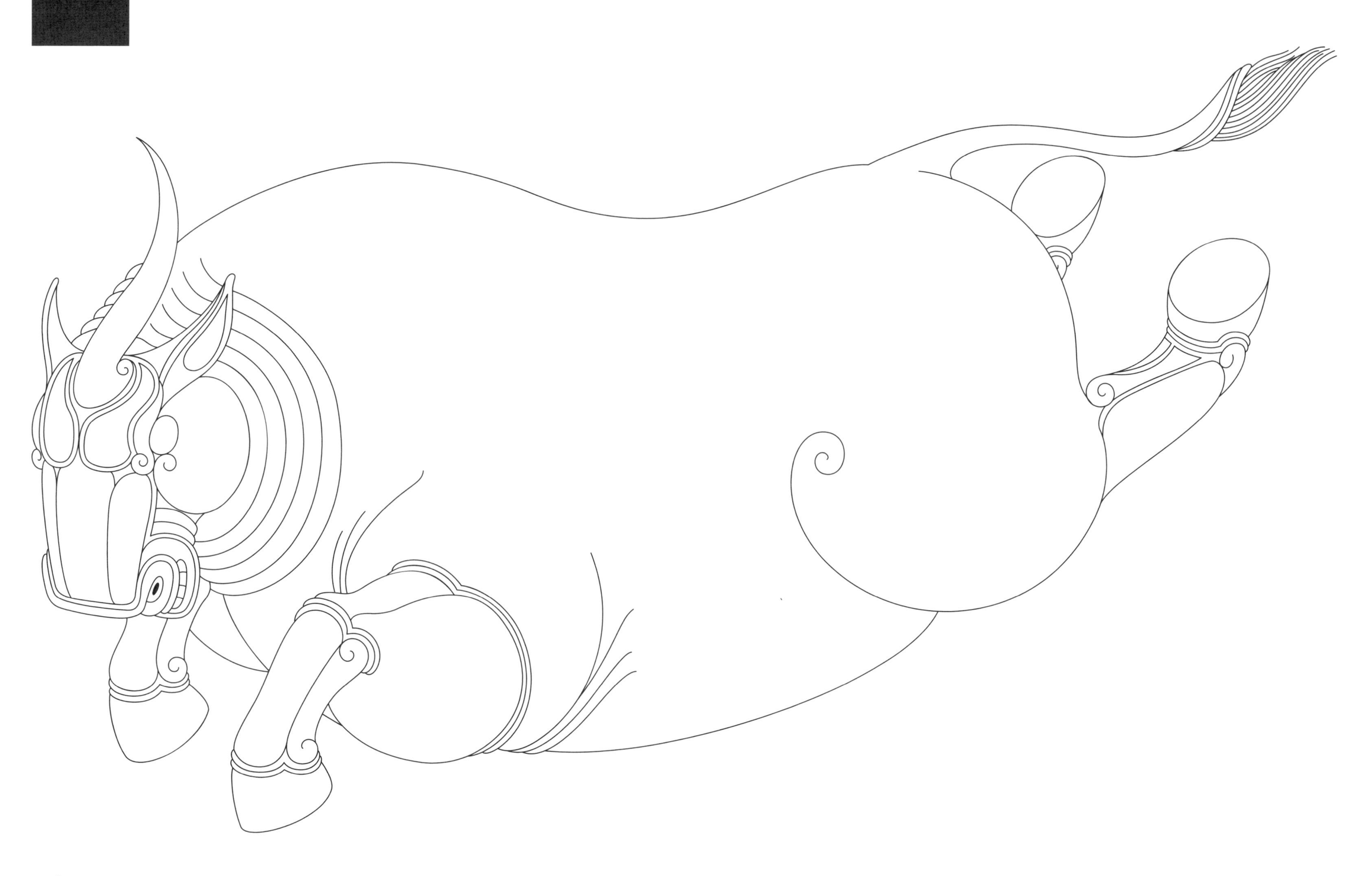

青牛

青牛最廣為人知的故事，就是春秋時代的老子留下了五千字的道德經之後，便倒騎著青牛西出函谷關。在道教領域，老子即為太上老君，是道教神祇最高位階的三清之一，而太上老君的坐騎，據説就是青牛。

青牛其實並非牛，而是上古瑞獸「兕」，牠頭上的角也只有一根，與一般的牛並不相同。

角端

角端

《山海經》中著名的祥瑞之獸，外型像鹿，並有龍背、熊爪、牛尾等特色，鼻子上則長了一支獨角，相當好認。傳説角端可日行一萬八千里、通曉四方語言，而且只伴隨在明君左右，專為英明的帝王護駕，因此後世便將其與麒麟並列，同樣都是象徵吉祥如意、風調雨順的神獸。

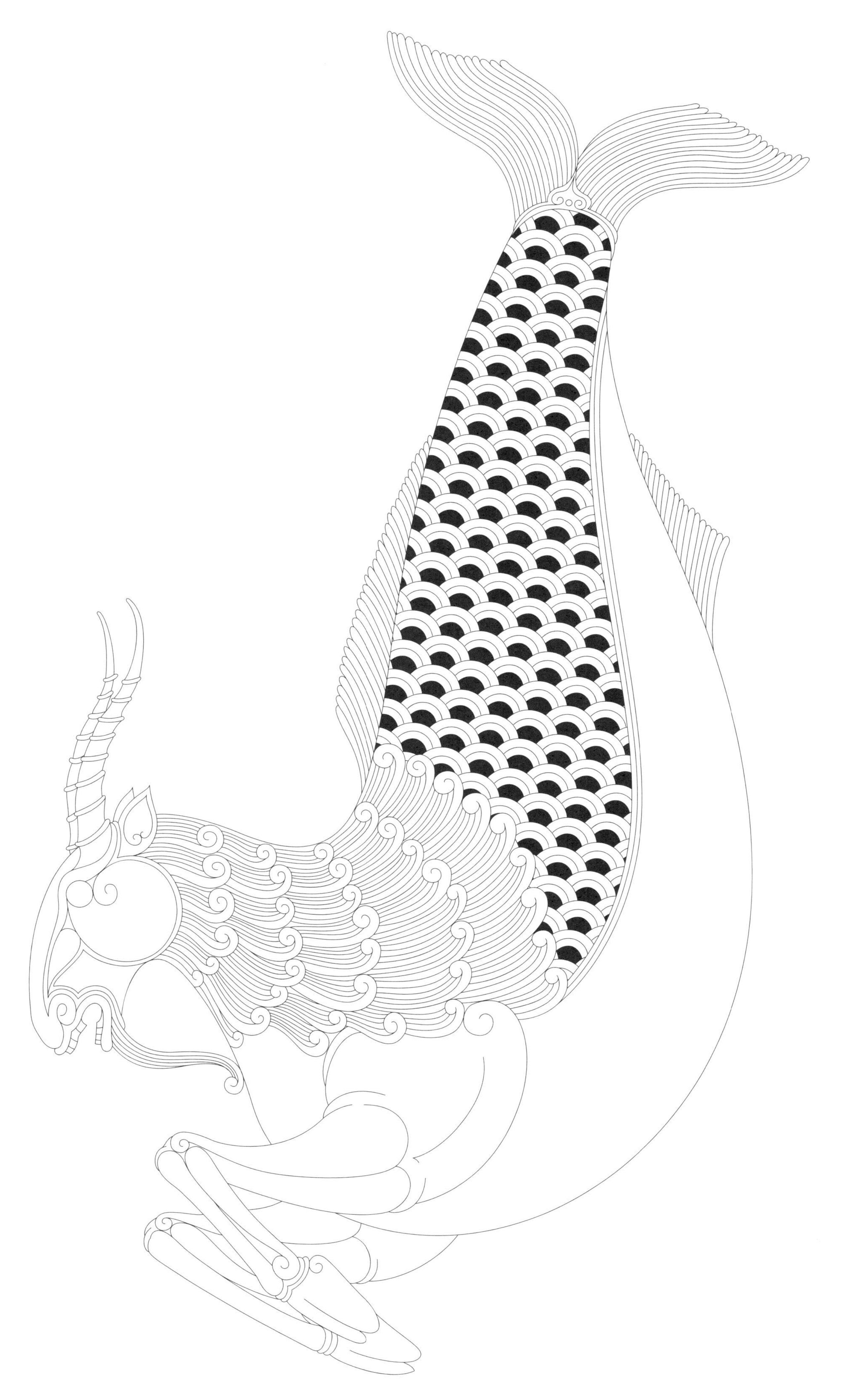

魔羯

魔羯

與十二星座之中的魔羯座一樣，位列北海海獸之一的魔羯，也是羊首、魚尾的神獸。「羊首魚尾魔羯宮，水神座下懷濟世」這首短詩，就是用來形容神獸魔羯，除了外型獨特令人印象深刻之外，牠在水神麾下一起濟世救民的善舉，也被後人津津樂道。

建馬

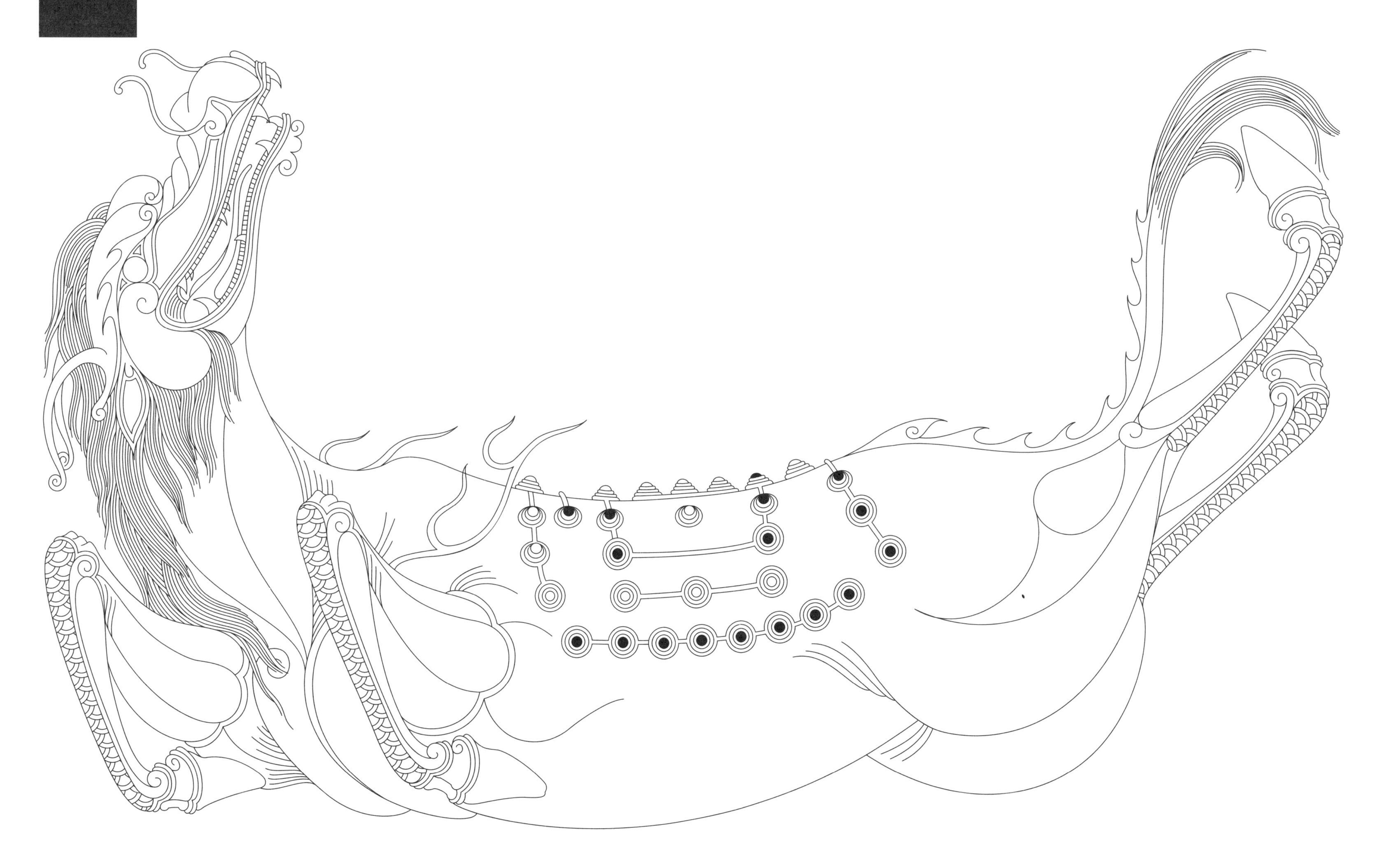

建馬

建馬是應龍的後代，具有龍頭馬身的特殊外型，誕生時背上就有如同星宿的斑點，串連在一起就是蘊含天象奧秘的「河圖」。

古代三皇之一的天尊伏羲，在見到建馬背上的河圖之後，就創立了先天八卦，爾後更衍生出五方、五行、五色、五音，以及將宇宙萬物納入卦象之中的智慧。

角龍

角龍

傳説龍族在天上能化為雲霧、在陸地會融入山峰、奔入海能讓江河滿溢，千變萬化、具聰慧靈性。真龍的外型與古代的「宮、商、角、徵、羽」五音調相配，東方是為角音，因此位居東海的龍族便稱之為「角龍」。

角龍一族的首領是東海龍王敖廣，牠們住在水晶宮裡，看守當年大禹治水時留下的「定海神珍鐵」（就是後來的金箍棒），西遊記及封神演義都有提到敖廣的故事。

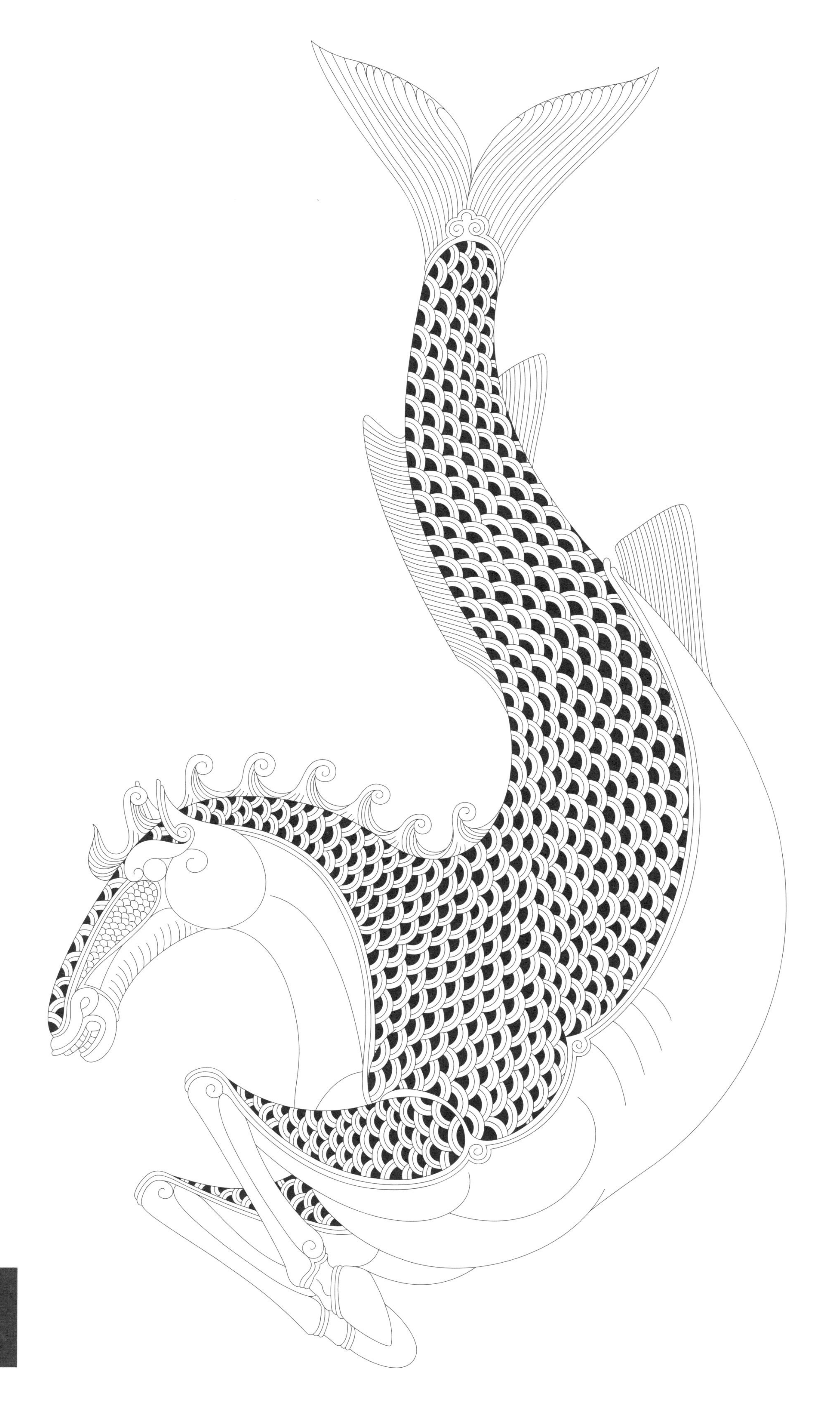

海馬

海馬

北海海獸之一的海馬，又名「落龍子」，自古以來就是吉祥的象徵，有通天入海的本領，也會被用來凸顯皇家的威德。

古代的建築中，屋脊或簷角常會以各式各樣的神獸來裝飾，除了常見的龍鳳、麒麟之外，具有忠勇、智慧及威望等意喻的海馬，也有不少人喜歡。

吉光

吉光

又稱吉良、澤馬，是傳説中的神駿天馬之一；《山海經》的形容是「遍生鳥羽、色彩瑰麗」，也就是全身上下長滿了七彩的五毛，非常華麗俊美。由於吉光是非常難得一見的神獸，因此後世有了「吉光片羽」這句成語，可以想見，即使是吉光身上的一小塊毛皮，都極為珍貴美麗的。

麒麟

麒麟

相傳應龍生建馬、建馬生麒麟，而麒麟則生庶獸，如此一脈相承。統領百獸的麒麟生性慈悲善良，甚至因不忍心踐踏任何小蟲，所以每一步都走得小心翼翼。

麒麟自古就是象徵吉祥與福氣的神獸，雖然身負強大武力，但卻不會隨便動用，也從不傷人畜，因此也被稱之為「仁獸」，也代表聖王的喜瑞之象。

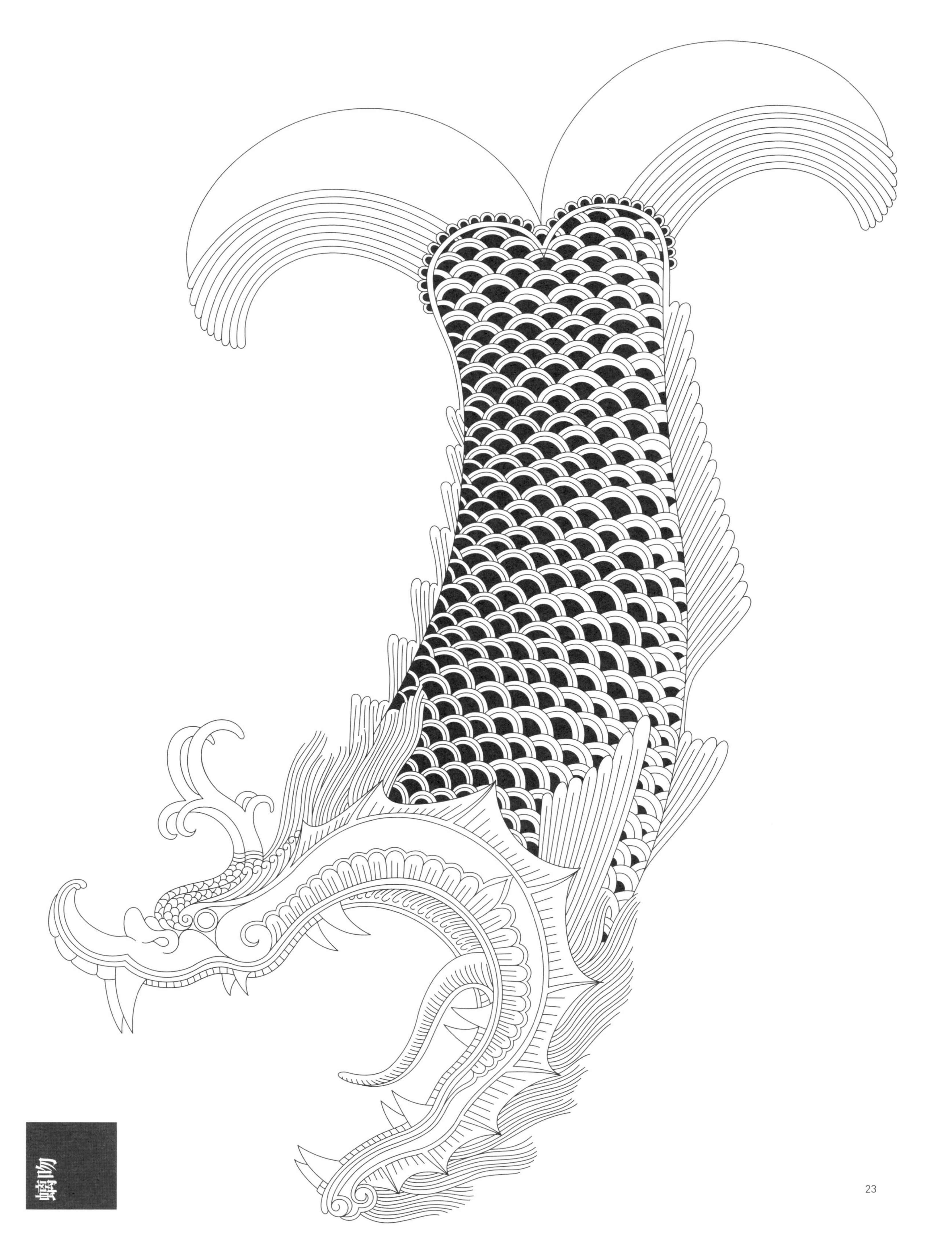
螭吻

螭吻

龍生九子之一的螭吻，是華人文化世界中重要的守財神獸代表，原因就是牠什麼東西都會往肚子裡吞。此外，由於牠擅長水性，能噴水滅火，所以古代建築常會將其安置在屋頂，象徵防火避邪。

螭吻是雨神座下的神獸，具有龍頭魚身的外型，所以後期也與鯉躍龍門的典故結合，多了吉祥的意涵。

天祿

也稱為天鹿，雖是歸類於麒麟屬，但頭上有像公鹿一般的雙角，因而得名。自古以來，天祿的雕像經常被安置在公堂、祠堂，或是大戶人家之中，具有旺丁、擋煞、鎮宅、避邪等含意。

歷代史書中常見到天祿相關的記載，內容也幾乎都是吸引祥瑞、抵禦妖邪，因此直至今日，天祿在人們心目中仍占有重要地位。

不死鳥

不死鳥

外型跟鳳凰高度相似，全身都是紅色的，飛起來像閃電一樣快，鳴唱的歌聲宛如仙樂、飛舞時又如流光幻影。

不死鳥之所以得名「不死」，主要是牠能在火焰中重生。據說不死鳥每到五百年就會脫盡毛羽，在最後一刻進入火堆之中，並在大火燃燒過後以幼鳥的形態再次回歸，如此循環、生生不息。

狰獰

猙獰

猙獰在文學作品中頻繁出現，包含《儒林外史》、《紅樓夢》、《九命奇》冤等書都曾提及。事實上，猙與獰是不同的神獸，猙有獨角、四足、五尾，身形如豹，性格非常凶殘，以猛獸毒蟲為食；而獰則是雌性的猙，猙獰若是並稱，就是指雌雄同體之獸、看起來扭曲恐怖，面目「猙獰成語」便是這樣來的。

六耳
獮猴

六耳獼猴

在《西遊記》之中，唐僧一行人前往西域取經，途中曾遇見一隻外貌看起來與孫悟空幾乎一模一樣的假猴王，就是大名鼎鼎的六耳獼猴。

六耳獼猴不僅外貌像悟空，就連本事也相差無幾，因此也有人認為牠代表了悟空心中的「魔」，當牠被消滅之後，代表悟空心魔已除，可以專心陪伴唐僧踏上取經之路。

火鼠

火鼠

又名火光獸，在歷代的怪志小說之中，經常可見到火鼠的身影，甚至就連日本的《竹取物語》，乃至於近代的知名漫畫《犬夜叉》之中，牠也都有登場。

火鼠渾身長滿如絲的細毛，用來編織成衣服的話不僅不會沾染髒污，而且放入烈火之中也不會燒起來，《犬夜叉》男主身穿的紅色外衣，就是火鼠裘。

白象

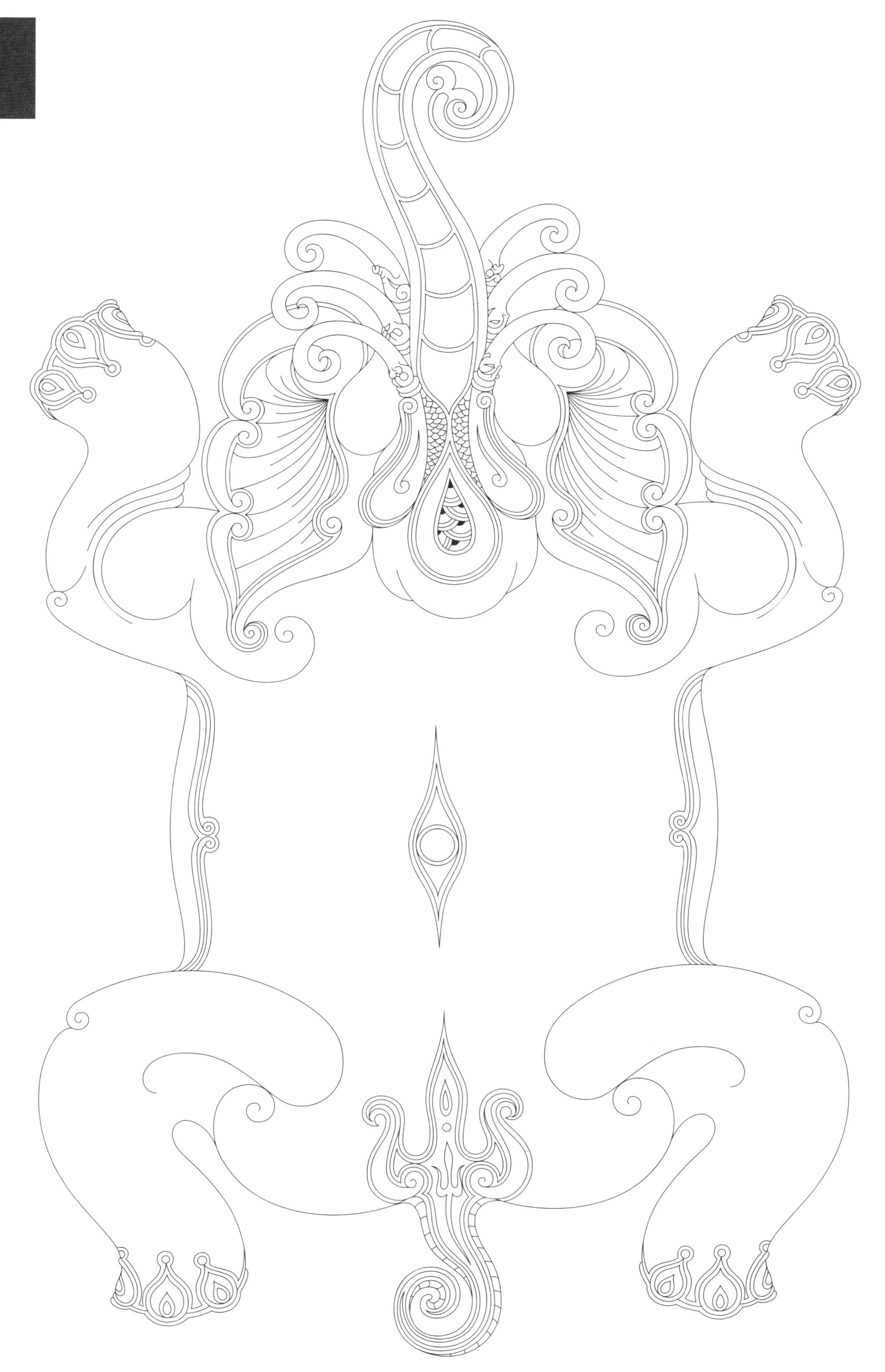

白象

原本是截教通天教主的座下弟子，入教後更名為靈牙仙，當牠平躺下來時，四肢、頭尾，再加上背部及腹部，合起來正是十方世界，有「不眠不休照見十方眾生」之意。此外，其口中的六根長牙，也被用來暗喻六道輪迴。

在《封神榜》中的萬仙陣一戰被打敗，為普賢真人收服為座騎。

黃能

黃能

熊頭上頂著鹿角，龜殼下只有三隻腳，身上有鱗甲、有毛皮，尾巴的棘突還跟龍的特徵一樣，都有七截，這就是神獸黃能。

相傳在舜帝時代，鯀治水失敗後，被大臣們認定要負起責任、因此被舜帝賜死，三年後身體沒有腐化，吳回用刀剖開，結果屍身化為黃能，背負嬰兒走了出來，那個嬰兒就是後來大家知道的大禹。

椒圖

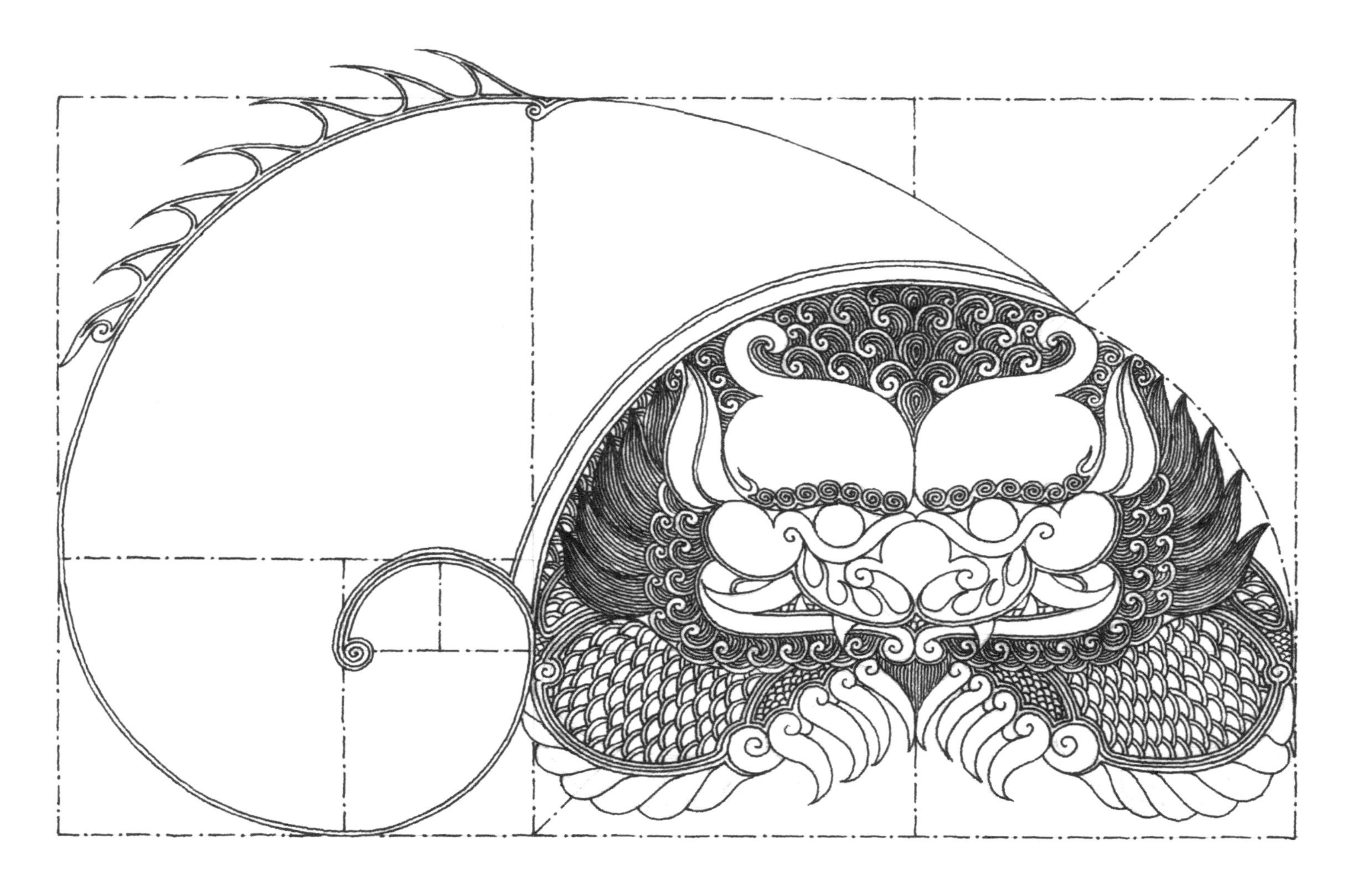

椒圖

　　龍生九子，椒圖就是排在最末尾的小兒子，雖然個性膽小、除了覓食之外絕不露頭，反而變成堅守家門的重要象徵，一般會用在門環鼓丁的裝飾，若有機會見到傳統中式建築的大門上有門環，記得仔細觀察一下，基本上叼著門環的神獸就是椒圖。

　　椒圖也是財力的象徵，同時也意味能驅除陰邪、消災解厄。牠天性溫馴，喜歡將自己捲成一團只露出一張臉，模樣相當可愛。

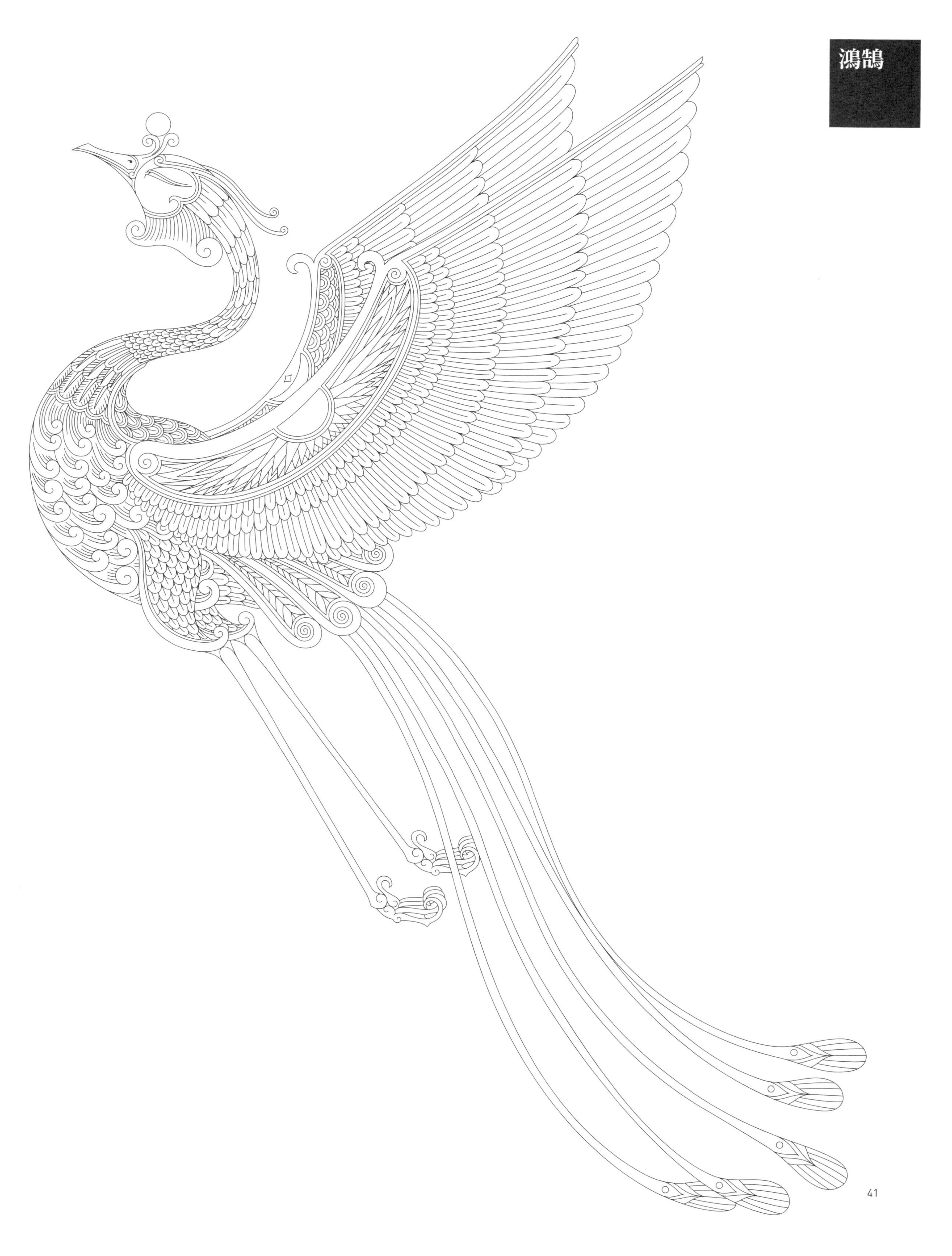

鴻鵠

鴻鵠

　　史記中的「燕雀安知鴻鵠之志」一語，道出胸懷壯志的重要性，而鴻鵠就是位列鳳凰九雛之一的大鳥。

　　渾身雪白的鴻鵠相傳來自崑崙山，牠的身上有「日、月、星」三光，尾巴則拖著五根長翎。由於一展翅即可飛到千里之外，且總是昂首迎風、志向遠大的模樣，所以在史書中屢屢被用來形容有治世才能的人。

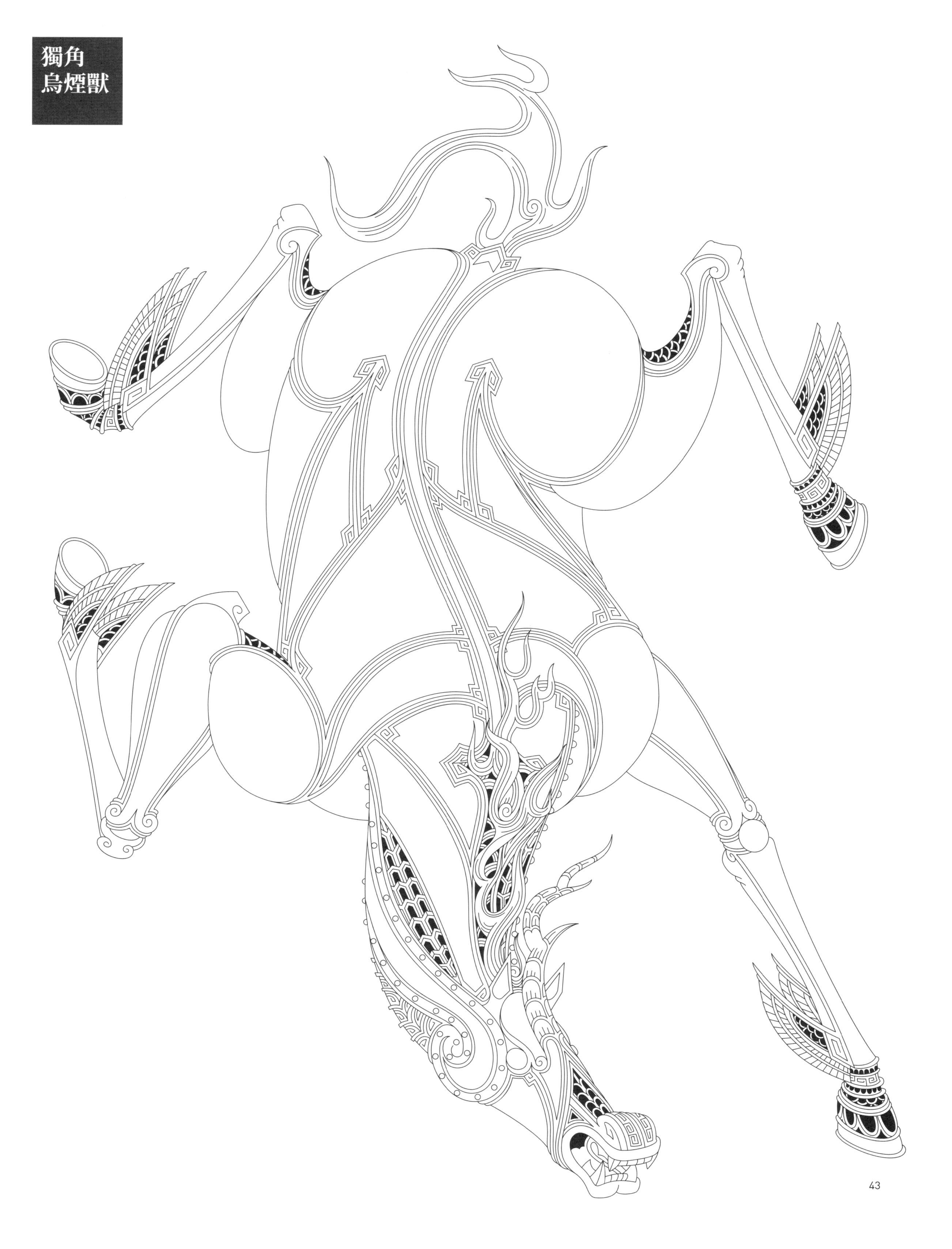
獨角
烏煙獸

獨角烏煙獸

　　頭頂三叉獨角、渾身銅皮鐵骨、全身有火符咒文的獨角烏煙獸，是殷商時代戰神「七殺星」張奎的神獸坐騎。由於獨角烏煙獸跑起來四足生風、尾部還會噴火，所以張奎才能馳騁沙場，寫下赫赫戰功。可惜張奎活捉二郎神楊戩之後，本來打算將其處死，不料楊戩施了替身法，將自己轉移到獨角烏煙獸身上，導致神獸不幸冤死。

青獅

青獅

生活在山中水源地的青獅，具有獅子的頭、蛇的尾巴，身上有魚鱗，尾巴上則有蛇鱗。

相傳青獅的前身是虎蛟，經常會順著河流而下尋找龍門，只要找到便會設法躍過，一旦成功就能生出龍特有的標記——七星棘，但若是失敗，就會回到誕生地，並且蛻去鱗片登岸繼續生活，登岸之後的虎蛟，就變成青獅。

螣蛇

騰蛇

外型似龍但無爪，背上七寸的位置長有羽翼，戰國時期的荀子就曾在其著作《勸學篇》中提到「騰蛇無足而非」，對騰蛇的外型有清晰的形容。

在風水學中，青龍、白虎、朱雀、玄武之下便是騰蛇，牠的地位與勾陳並列。另外還有一個說法是「五方神獸」，意思就是四象之外再加入位居中央的騰蛇。

鵷鶵

鵷鶵

　　龍生九子、鳳生九雛，鵷鶵就是鳳凰的九雛之末。傳說牠非梧桐樹不棲、非甘美的泉水不喝，性格相當高傲。

　　在鳳凰的九個孩子中，鵷鶵是最黏媽媽的，即使鳳凰背負使命，必須不斷往返天界與人間的萬里距離，鵷鶵總是不離不棄緊緊跟著，所以一般在鳳凰棲息的地方，往往也能見到鵷鶵。

贔屭

贔屭

傳説龍生九子的老大就是贔屭，由於天性喜歡負重、全身又有像烏龜一樣的厚重甲殼，所以現今有許多廟宇或宮殿中，有形似烏龜背負碑文，其實就是駝置在贔屭身上。

性情溫和的贔屭力大無窮，曾在大禹的指揮下推山挖溝、疏通河道，為治水作出了貢獻。在人們心中，贔屭象徵長壽、吉祥，地位不言而喻。

犼

犼

　　身形嬌小的犼能耐非常大，曾經和兩龍三蛟對打也沒落入下風。由於聲音宏亮，一叫就響若雷霆萬丈，所以也被稱之為「望天犼」。

　　也是慈航道人的坐騎，外型具有兔牙、犬耳、鹿角、獅鬃、蛇頸、前鷹爪、後虎爪等特色。由於形象特殊且本領強大，經常出現在神怪小說之中，像是《西遊記》中就曾提到牠。也會裝飾在皇宮南北兩側，具有督促帝王努力朝政的寓意。

饕餮

饕餮

自古以來，饕餮就被視為是貪得無厭的惡獸，不僅曾出現在《呂氏春秋》、《史記》、《左傳》等史書之中，許多神話傳説，甚至是現代的電影，也都給予牠邪惡的形象。另有一個傳説是，西南荒有饕餮國，就是舜帝流放牠們後而成的。

事實上，饕餮也是龍子之一，排行第五，不過由於牠貪吃之性格，看到什麼就吃什麼，因此被後世列入四大兇獸之中。

玄龜

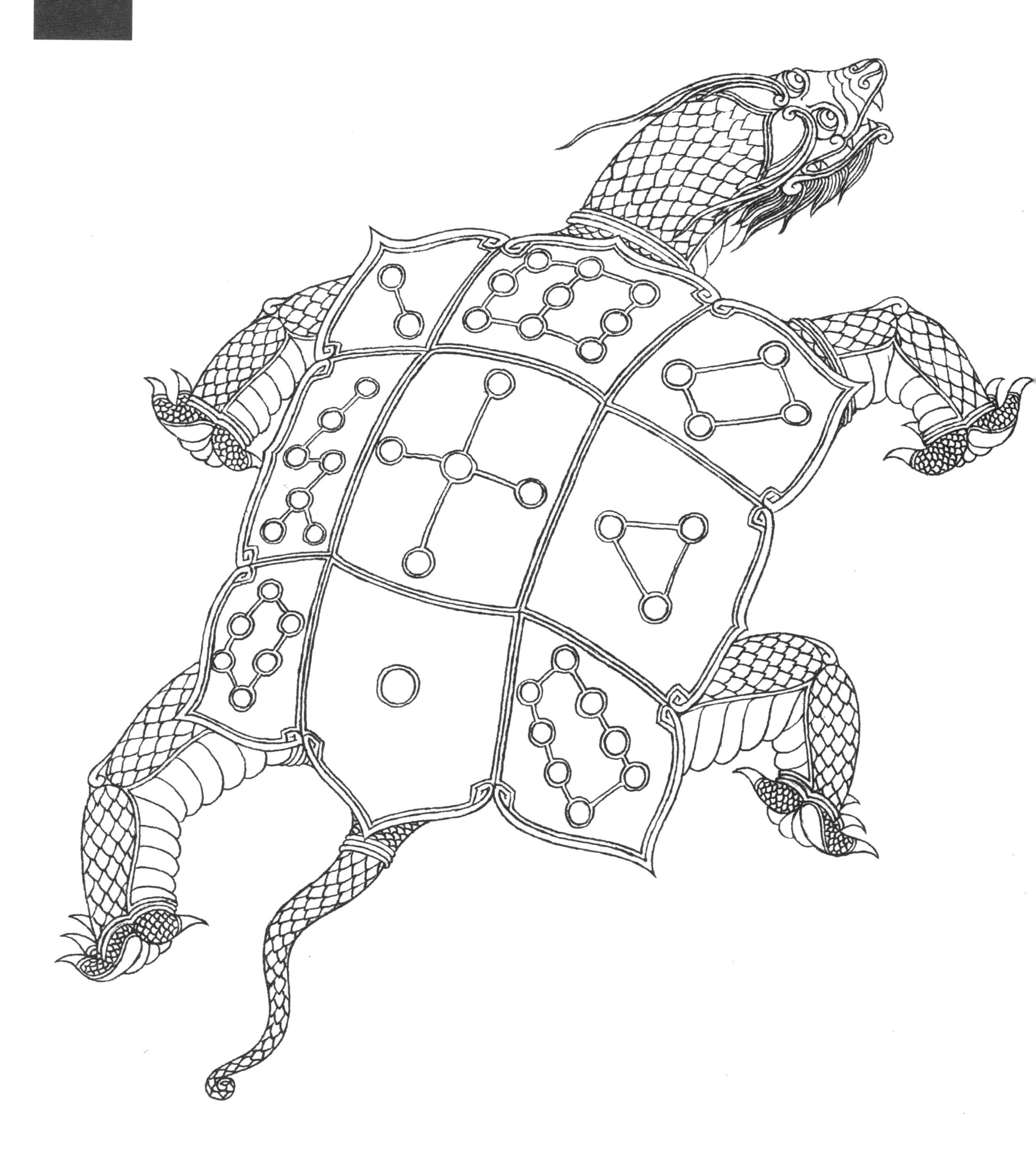

玄龜

建馬背上的斑點是「河圖」，而玄龜背上九塊點線相連的龜殼便是「洛書」，兩者都是上古非常重要的卜卦工具，具有祥瑞之意。

玄龜是洛水水神使者，因曾協助大禹平息水患，在開鑿河道的地方背負泥土，所以大禹欽點其壽數永續、綿延無斷期，並給了牠「滄海巨靈」的稱號。

白澤

白澤

能夠通人話且知曉世間所有珍奇異獸，可說是自然界的百科全書，古人以「大如白象、四爪如虎、長得像羊、脊尾有鱗」來形容白澤，也有人認為白澤身上有精靈妖魅成分，可以說世間萬物都可以在白澤身上找到影子。

白澤與麒麟、鳳凰等祥獸的地位相當，也是帝王、百姓喜歡的神獸，是智慧的象徵，也能避邪、驅夢魘。

承黄

乘黃

出身九尾一族的乘黃，背有犄角、渾身雪白且飾有金線，尾巴則僅有一條。相傳凡人只要能夠騎上牠，就可延壽兩千歲。

乘黃又稱飛黃，《山海經》中說牠不是常人能見到的，由於天資聰慧、快如疾風，每每出現在人們面前時總是如閃電般劃過，且能明辨善惡，所以韓愈就曾借用牠的特色來教育弟子，進而衍生出「飛黃騰達」這個成語。

鑿齒

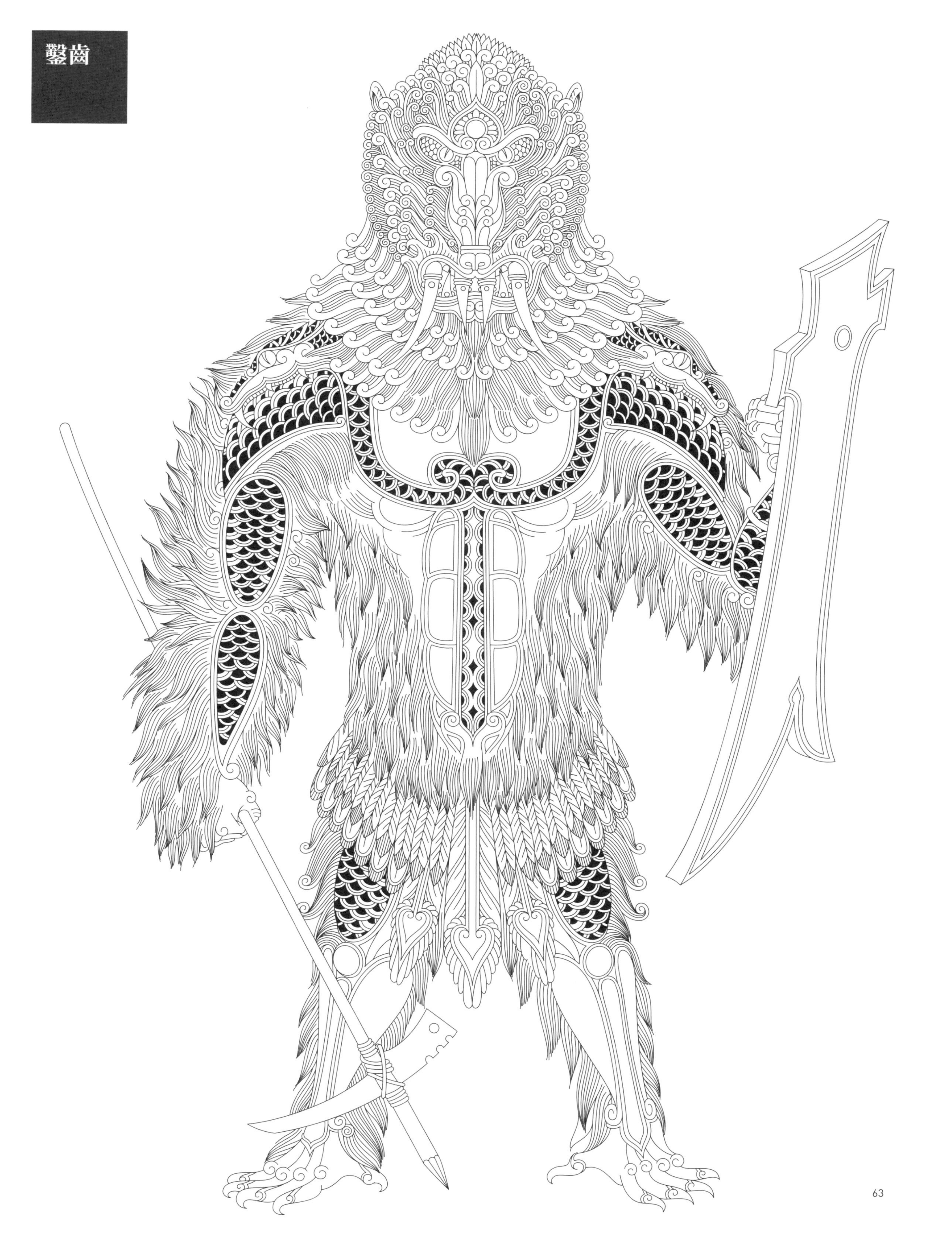

鑿齒

外型如猿人、渾身長滿濃密長毛的神獸，臂長而腿短，五官則與山魈非常相似。

在《山海經》的描述中，鑿齒左手所持之龍牙盾，是由一整顆龍牙打磨而成。牠的整體形象就是驍勇善戰、凶狠異常。在《山海經》的《大荒南經》及《海外南經》中都不約而同提到鑿齒的下場，就是被后羿所殺。

窮奇

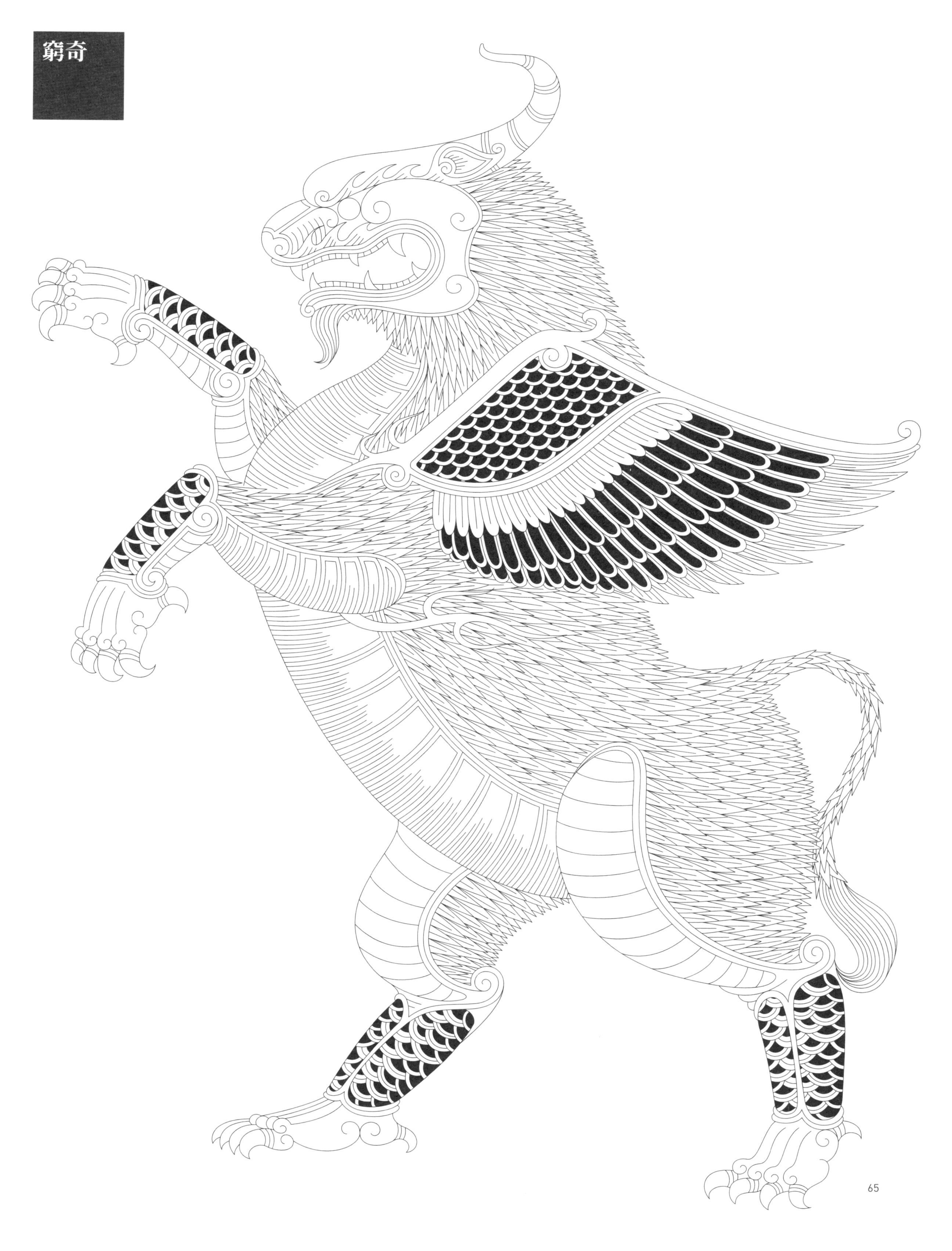

窮奇

據傳為少皞（黃帝之子）的後代，原本貴為四嶽之尊，然而性格上剛愎自用且經常顛倒黑白，所以墮落成四兇之列。

身大如牛、四爪如鋼的窮奇，不僅人見人怕，就連妖魔鬼祟見到也會退避三舍。牠會懲罰忠信善良的人，卻贈禮給兇惡之人，而這也是牠不被世人接受的主要原因。

避水
金睛獸

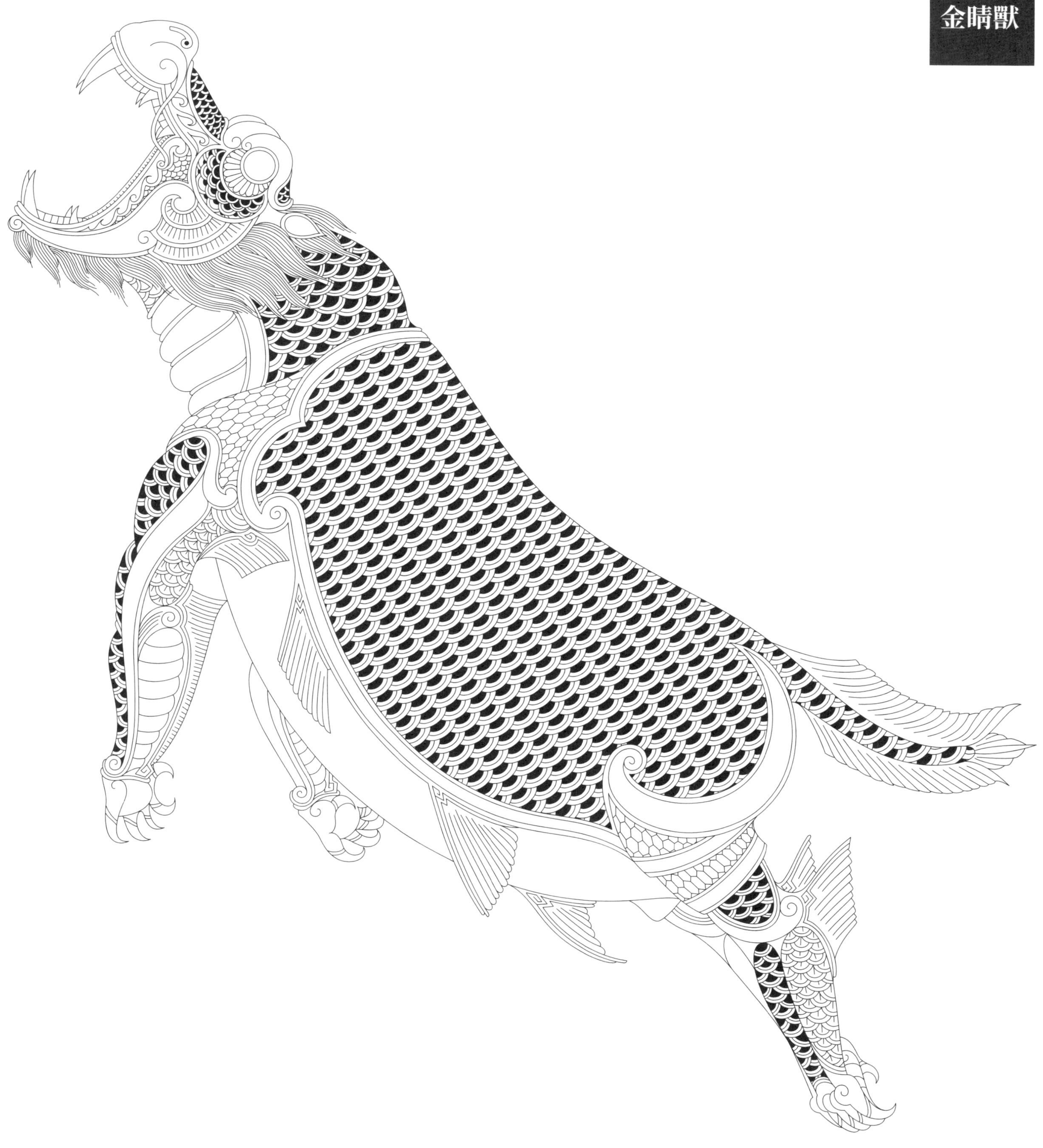

避水金睛獸

眼含金光、身如河馬且覆有鱗片、短尾如箭、四肢短小，外型相當特異的避水金睛獸，是生活在水中的神獸，以捕魚為生。

由於四肢太過短小，所以避水金睛獸在陸地上行動遲緩，然而一進入水中便有如魚類一般靈活快速。不少修道之士喜歡搜捕牠，並將牠馴化為水府座騎。

睚眦

睚眦

龍生九子，睚眦排行老二，身上有許多兵器，例如頭角像方天畫戟、犬齒像劍尖、尾巴如鋼鞭等，光看外表就讓人感到害怕，其性格也與外表相符，具有不好相處、難以溝通、錙銖必較的形象，卻適合出現在兵器上。

好勇擅鬥的睚眦，一旦被惹怒了、被冒犯了，絕對會上前出一口氣，因此也衍生出「睚眦必報」這句成語。

蜃

蜃是海中的大貝殼，最擅長的能力就是製造奇幻境界，因而有了海市蜃樓這句成語。每當春夏之際，蜃會從海中吐氣幻化成樓台美景，船家若是誤以為那是海中的仙境並貿然前往，往往會迷失方向，甚至陷入危險。

在《史記》中，蜃就是大蛤變成的，其他像是《禮記》或日本的《今昔百鬼拾遺》等著作，也都曾出現蜃相關的紀載。

山海經神獸的奇幻世界：
知識與趣味共存的著色畫，養出安定專注力，透過神話讓想像力起飛

山海經神獸的奇幻世界：知識與趣味共存的著色畫，養出安定專注力，透過神話讓想像力起飛 / 方佳翮著繪 . -- 初版 . -- 臺北市：風和文創事業有限公司，2023.12
面； 公分
ISBN 978-626-97546-4-9(平裝)
1.CST: 山海經 2.CST: 注釋 3.CST: 著色畫 4.CST: 親子美勞
857.21 112020205

著繪 方佳翮
文字協力 李喬智

總經理暨總編輯 李亦榛
副總編輯 張艾湘
特助 鄭澤琪
封面暨內文設計 楊雅屏

出版 風和文創事業有限公司
地址 台北市大安區光復南路 692 巷 24 號 1 樓
電話 886-2-27550888
傳真 886-2-27007373
網址 www.sweethometw.com.tw
EMAIL sh240@sweethometw.com

台灣版 SH 美化家庭出版授權方
凌速姐妹（集團）有限公司
In Express-Sisters Group Limited

公司地址 香港九龍荔枝角長沙灣道 883 號億利工業中心 3 樓 12-15 室
董事總經理 梁中本
Email cp.leung@iesg.com.hk
網址 www.iesg.com.hk

總經銷 聯合發行股份有限公司
地址 新北市新店區寶橋路 235 巷 6 弄 6 號 2 樓
電話 886-2-29178022
傳真 886-2-29156275

製版印刷 兆騰印刷設計有限公司
定價 新台幣 280 元
出版日期 2023 年 12 月初版一刷
文化部部版臺陸字第 11235 號